모자 속의 말

모자 속의 말

김춘리 시집

108

문학수첩
시인선

문학수첩

조바심이 났다

체온이 높아졌다

사소한 감정이었으며

되돌아오는 간격이었으며

어쩔 수 없이

제자리에서 겪어 내야 하는 일상이었다

하고 싶은 말을 삼키는 버릇이 있다

말들을 모아

모자 속에 감춘다

김춘리

1부

2부

3부

해설 | 김병호(시인, 협성대학교 문예창작학과 교수)
세속적 초월을 꿈꾸는, 매혹적 이미지의 풍경들 · 123

1부

편식의 목록

실수로 큰 청소기를 사왔다 청소기 속으로 방의 네모난 구석들이 다 빨려 들어가고 귀퉁이 없는 방에서 며칠 지냈다 날카로운 틈새는 다 어디로 갔을까

잃어버린 물건을 찾는 버릇이 생겼다 청소기 안에서 탈색된 몇 올의 머리카락과 나사못 나부랭이들 끼적거리던 낙서에서 흘러내린 글자들이 윙윙 트랙을 돌고 있다

가끔 침대 밑에 살고 있던 누군가가 발견되기도 하는 가을 젖어 있는 것들을 삼킬 수 없어 잘게 부서진 것만 먹는 편식의 목록

다시 침대 밑으로 기어들어 가는 구겨진 것들

가을날 한 귀퉁이가 실수로 붉어져 있다.

단추

마요르 광장으로 가기 전 포트에 물을 끓인다
티벳과 테헤란과 쌩 라자르의 시간이 천천히 우리 앞으
로 지나가고 있었다

고요해지기 위해 물을 넣고 가만히 있는 것
어떤 물결을 바라보는 것

끓어오르고
다시 끓어오르고

여과되는 느낌

단추가 떨어진 스페인 광장에 서 있었다

전쟁이 터지면 단추처럼 광장에 장병들의 시체가 피를
흘리며 뒹굴었다고 했다

누군가의 단추가 희미해진다

잠자는 얼굴보다 고요한
단추 한 개를 줍고 있을 때

우리 앞으로 광장 관리인이 지나갔다.

누들놀이

직선으로 마르자
작정하는 것
바싹 마르면 구부릴 수가 없거든

밀가루로 남는 것이 두려웠을까
뭉치는 일에 몰입했다
하얀 옷을 입고 벽을 오르면 우리도 실루엣으로 보일까
몇 개의 건물을 돌며 지도를 꺼내 보았다

당신을 神이 선택했다는 귀띔에
둥근 다발에서 한 움큼 뽑아낸 틈새
밀려나온 국수는 가보지 않은 길처럼 보였다
미로에는 염세주의자의 아침이 가득하고
둥글게 뭉쳐진 방은 거대한 굴뚝

부드러워지지 않으며 삶아질 수 있을까

바닥에 앉아 주문을 왼다

국수를 삶는다

부챗살 모양으로 넣으니 회오리바람이 불었다

부드러워지는 골목

고명들이 예언자의 저녁처럼 못 박히면

끓지 않는 분노를

냉수에 씻어 내는 일.

압정

신문을 들고 있다 속옷을 벗는다 지나간 길을 다시 지나
간다 압정을 쏟아서

압정의 암수를 구별하는 일
압정의 목을 뒤집는 일

인조 손톱 대신 압정을 붙이기로 한다 압정이 누르는 방
향으로 손가락이 휘어진다

좁쌀보다 작은 반짝임

압정이 바닥에 떨어진다 떨어진 압정을 심장에 고정시킨
다 꽂아도 아픈 줄 모르는 벽 어디쯤에서 따끔따끔한 얼룩
이 생긴다

반짝이는 손톱을 너에게 보여 준다 네가 웃어서

압정이 흘러내린다 무엇이든 찌르고 싶어지지만 압정은
휘어진다 압정이 휘어져 있다 언제 펴질까 벽에다 압정 꽂
는 연습을 한다 벽에서 압정이 자라기 시작한다 편의점을
지나

지나간 길을 다시 지나간다.

환승역

환승역을 지나쳤다
어디쯤일까

푸른색 약을 먹으면 푸른색 땀이 나온다고
우리가 진화를 이야기했을 때

철로와 철로의 간격이 두 사람의 뼈처럼 겹쳐졌을 때
비상등이 푸르게 빛나고 있었다

되돌아가는 지하철에서
가랑이를 벌리고 앉은 익숙한 여자와 마주 앉았다

그것은 뼈의 감정이라는 것

마릴린 먼로의 뒤집힌 치마와 풍선껌도 그렇다는 것

백과사전에서 찾은 올바른 걸음의 방식은 배를 밀어내는
기분으로 걷는 것이다
　엎드린다

　뼈가 지나쳐 갔다가 돌아올 때가 있다
　천천히

　진화되고 있는 걸까.

사과가 있는 방

사과와 탁자를 파는 과일 가게가 있다
사과에 빛이 들수록

어두운 탁자 밑

빛깔 좋은 사과를 골랐다
구석에서 조금씩 베어 먹었다
사각사각 탁자가 사라졌다

양파처럼 절여진 어둠

그럴듯한 예언을 말할 때 당신의 말은 항상 반만 옳았다

탁자 밑이라는 사과밭
붉은 사과는 아직 어둠에 닿지 않아

의자에 앉아 있으면 무릎이 겹쳐졌다 멀어진다

사과와

사과처럼.

번트

야구장 안으로 사과 하나를 던진 소년이 있었어

사과에는 서로 오인한 사인이 들어 있었지
사과가 된다는 건 누군가 던진 공 하나를 품고 있다는 것

코를 만지거나 모자를 스치는 작전을 붙이면 포크볼이
슬라이더로 땅바닥에 떨어지는 사과가 있었어 너클볼처럼
느리게 날아가는 사과도 있었지

실밥이 너덜너덜해지면 소년은 낙차 큰 캐치볼을 주고받
았어
커브로 반짝이는 글러브, 스트라이크 존에는 색깔 다른
사과가 열렸어
덕 아웃 사인을 훔쳐 낸 사과가 더 멀리 날아가곤 했지

2루수에게 잡혀 버린 번트처럼 뚝, 하고 꽃 그친 일을
떠올리지
　　희생플라이로 높이 떠 장외로 날아간 야구공, 풀숲으로
달려간 아이는 벌레 먹은 사과 한 알을 집어 들었지

　　찾지 못한 야구공처럼

　　사과밭으로 지구 하나를 던져 버린 소년이 서 있었어.

color I

먼 곳을 다녀온 적이 있어요
사람을 찾는 일입니다

피켓에 이름을 적고 어머니 뼈가 묻힌 언덕을 지나갑니다
텅 빈 정거장은 찢어진 이름으로 가득합니다
언제 불렸던 이름들일까
만나지 못한 이름과 떠나지 못한 이름들이 모여 있는데요
파란 피켓과 붉은 피켓이 도마뱀처럼 붙어 있는데요

애인일지도 몰라 벤치에 앉기로 해요

햇빛은 아직 타지 않은 빛을 태우며 벽을 타고 넘어갑니다
이름은 조각조각 붙인 타일입니다
배가 고팠을까요

혹시 파충류였나요?

계단은 아름다운 꼬리로 자라나요
몸에서 타일 조각들이 흘러나올 때 비슷한 색깔을 집어
들고
도마뱀의 전생이었던 표정을 묻기도 하죠

기억을 더듬어 다시 시작할 수 있는 곳
우리는 다시 만날 수 있을까요

피켓을 들고

그것을 어머니의 뼈라고 믿으며
뼈를 어머니라고 믿으며.

color Ⅱ

특별한 맛을 위해 체에 거르자
거꾸로 말리던 수국 손끝에 묻은 파란 즙

창가에 내리는 비처럼

들어 봐 오늘의 맛은 맹목적이야 그녀는 요리에 토마토
를 넣으며 말했다
토마토는 온통 빨갛고 내 몸도 빨개져서

배란일은 뜨거워지지

나는 못 믿는 토마토
배란일에 태어났다 토마토로 요리를 할 때 먼저 잊어야
할 것은

식탁의 다리를 펴는 일

올리브는 떫었고
잇몸은 질기고
설탕에 녹은

대답이 가득한 식사 나는 한 입 쓴맛이 느껴지는
배란일에 태어났어요

토마토는 아직.

예언자

벽에 물소 뿔이 걸려 있다

뿔에다 물을 뿌리고 하박국*을 들이받기로 했다
뿔과 뿔 사이로 비집고 들어가 앉으면 예언이 헐거워졌다
목을 졸라도 눈을 감지 않았다

물소의 울음은 어떤 예언이다 모자를 벗어 인사를 하면 팔
에 작살이 꽂히는 아픔 팔에서 새로운 감정이 자라났다 뿔
이라고 불렀다 머리에 얹어 보았는데

감정은 습도에 약하다 비가 올 때마다 오른팔을 들고 있어
야 했다 벌 받는 것처럼 팔이 아팠다 체온이 높아졌지만 울
수가 없었다

팔꿈치를 여러 날 문질렀다 문지른 팔꿈치에서는 포도주

가 흐르고

　조금씩 다 마신 후 울먹일 수 있었다

　일요일에는 팔이 늘어졌다

　헐렁해서 접합이 잘 되지 않으면 다시 작살이 필요해졌다

　팔꿈치에서 새로운 예언이 생겼다.

* 예언자

꼬치니오 아싸도*

레스토랑 보닌에서
헤밍웨이의 눈빛을 꺼낸다 고해성사를 하고 있다

나의 제물은 발바닥 속죄양이 필요하다

납작하게 엎드린 음악이거나
접시처럼 포개진 욕설들로 새겨진
40일 금식을 마치고
만찬을 준비하기로 한다

새끼 돼지를 화덕에 넣을 때는
귀가 타지 않도록 호일로 감싸고

신의 계시를 들어야 해

헤밍웨이처럼 하얀 탁자 위에 접시를 펼쳐 놓을 것

검정은 무늬였을까
순한 양의 웃음이 새겨진 도자기는 순할까
나는 자꾸 중얼거리며
눈을 감고 접시의 부끄러움을 만진다

바삭바삭하게
제 몸에서
떨어지고 있는 접시처럼.

* 3주 된 새끼 돼지 통구이 요리

Family

배낭을 메고 이만삼천 년 전
호모사피엔스가 살았다는 빙하기를 찾았다

시간은 차갑고 빛나는 자궁 속에서 나오는 것일까

우리는 기차 안에서 조개껍질을 뒤집어쓴 신들이 천둥 사
이로 바위를 집어던졌다는 산스크리트어를 더듬거렸다
입속에서는 가물거리는 과거와 미끌거리는 현재가 얼음처
럼 버석거렸다

우리는 천막과 냄비가 갖춰진 피난처에 대해서도 속삭였다
그것은 젖는 것, 번지는 것,
스며드는 것, 그리고
두 손을 담그는 것

수수께끼였지, 섬에 도착하면 땅이 울리지 않게 말발굽
을 두꺼운 천으로 싸매고 말에서 내려 걸어와야 한다는

우리는 신성한 암말에 대해서도 궁금해졌다

누군가 배낭 속에서 꺼낸 말가죽을 팽팽히 당겨 북을 치
기 시작했다
털 한 줌을 불 속으로 던지는 의식

바닥에는 암말의 가죽이 깔려 있었다

그것은 젖는 것, 번지는 것
그리고
두려워지는 것.

걷기

지붕을 접어 주머니에 넣는다
주머니가 젖는다

네 눈은 나의 눈 속에서 젖어 본 적이 없고

살점이라는 구멍
나는 너의 살을 만져 본 적이 없다

나의 눈에 무릎을 숨겨 놓는다
무릎에는 물고기가 있어서
심해어처럼 너의 눈이 푸른빛으로 물들고
뼈와 살점이 헐거워진 지붕에 구멍이 생긴다

아슬아슬한 난간

골목길을 내려다보면 난간이 점점 뾰족해진다
한 번 오린 난간은 절대 붙일 수 없으므로

바늘이 필요해

살이라는 건기
나를 난간에 걸어 놓기로 한다
솜이불 같은

우기가 오면.

식욕의 자세

남자가 주전자를 기울이고 있다
자세를 꿈꾸며

누가 벽에 주전자를 매달아 놓을 생각을 했을까

저것은 식욕의 자세

찌그러진 벽을 뚫고 단단한 식욕이 매달려 있다
그것은 로뎅의 팔뚝이거나
거절할 수 없는 포식을 고민하는 형식

모서리는 살이 찌도록 하자
주전자를 잊어버리도록 하자
혀를 그리워하는 손이 냉장고에서 꽃을 꺼낸다

여러 겹의 감정을

팔에는 지나간 탐욕들이 새겨져 있고
주전자를 한쪽으로 기울이는 사이
남자가 팔뚝을 내려놓는다

여러 겹의 자세를.

이퀄라이저

말없이 절차를 따라야 하는 기록들이 있지

불안정한 사이클은
공포와 고통의 구릉을 지나고
찡그린 표정이 편안해지는 저녁도 있지

모니터에 나타난 피라미드 캡슐
우주 어느 별에 벗어 놓은 슬리퍼일까

말[言]을 멈추고 누워 있는 기억들
흰 벽에 묻은 얼룩을 지우려 하네

불편한 표정을 수리할 때가 있지
서서히 펀치로 구멍을 뚫어 철사 줄로 묶고
우리끼리만 아는 이름을 불렀지

울음만큼 합창하기 좋은 것도 없어

구릉을 빠져나가는 혼돈의 줄무늬
무선의 한 생이 유선의 몸으로 누워 있는 시간

동전을 넣어도 연장되지 않는
일일극 같은 화면.

쫄깃한 끼니

한때의 끼니가 질기다
풀썩거리는 가루를 내려치는 손맛이다

늘리는 일과 가닥을 잡는 일
세상에서 가장 긴 가업이었다
더 이상 늘어날 게 없는 관계들은 가늘어지기만 했다

뫼비우스 띠를 돌아 나가는 그럴듯한 반죽

꽈배기처럼 꼬인 말들이 몇 번씩 치대졌다
쫄깃함을 위해서는 휘파람을 다져 넣고
멈춰야 하는 시간이 길어지면 소금을 많이 넣어야 하지
면이 바닥에 안 닿으려면 키를 늘려야 해

발꿈치를 들 때마다 붉어진 근육들

엉키지 않게 흔들며

갈래갈래 소변을 참는 면발

굵기를 맞추던 따뜻한 미소는 어디로 스며들었을까

삶아진 반올림이 빈 그릇에 쌓인다

면판에 말라붙은 밀가루 라벨처럼 너덜거린다.

저편의 표정

팔순 노모의 오랜 태중 기간이었지
달 틈에 걸터앉아 태몽을 이야기했지
강보를 펼치니
튕겨져 나온 연대기
기억 저편의 표정을 여전히 물고 있었지
오래 쓰다듬었던 의식은 어디쯤 거닐고 있을까
표시해 두었던 지문들

내게도 보내지 못한 강보가 있지
비린내 나는 강보에 울컥,
누렇게 변하도록 가두고 있는 얼룩

강보 어디에도 기록된 적 없는 잘려진 말들

젖꼭지처럼 말라붙은 모서리를 문지르면

상상이 발효되고 감정에 싹이 날까

체머리 흔들리는 어미가 될 때까지
조금씩 얼룩을 퍼내고 있겠지.

안부 I

구급차가 다녀간 후
일주일 동안 창문을 닫지 않았다

커튼은 뼈와 살과 빗물로 이루어진 세계
발꿈치를 들면 바람은 달력 위에서 웅크린다

젖은 걸음이 벽 속으로 들어가 창문을 닫는다
어깨의 볼륨이 흘러내린
매트리스는 낮다

바람 든 뼈를 고양이라 부르자
커튼에 갇혀 있던 늙은 고양이
등뼈에서 커튼이 부풀어 오른다
나는 오줌을 지리지 않았어
입을 항문처럼 오므리며

몽롱하게

사방의 흰 타일이 모여드는 동안
욕조 속 거품에서 비누가 태어나고
지루한 눈빛을 토막 내던 타일은 형광등보다 창백하다
고양이는 시간의 냄새를 맡고 있다

매트리스는 낮고
매트리스는 구겨져 있다

요일은 어김없이.

광장

더 어두워지기를 기다렸지만 광장은 발목처럼 밤새 흘러
내렸다

춥지도 외롭지도 않았지만 웅크리기로 했다
두 손을 비비면 기적 소리가 들렸고 뜨거워진 손에서 무
릎을 꺼낼 수 있었다

광장에 벗어 놓은 신발로 불꽃놀이를 할 수 있을까

야간열차의 통로는 비좁았다 침대를 오르내릴 때 들리는
소리가 좋았다 유리창에 붙은 도마뱀이 되기로 했다

차창은 모두 나무를 등지고 있어서 조바심이 났다 밀착
되려는 힘과 떨어지려는 감정 터널을 지날 때 시력이 회복
되지 않은 꼬리가 나무처럼 흔들렸다

코르도바를 지나는 중일 것이다 렌페역 광장을 지나는
중일 것이다 도마뱀 곁을 지나는 중일 것이다

더 어두워지기를 기다렸지만

올리브 나무는 여전히 바람에 흔들렸다

2부

뚜껑

언제나 목을 잡고 있는 것은 입. 흔들릴 때마다 기도를
끝낸 자의 표정을 보았지. 들키지 않으려고 손을 감추었지.
밀폐를 위한 최소의 주름은 스물하나. 부드러운 것을 오므
리면 병은 딱딱해지지. 분노를 분노로 바라보기 위해 절제
가 필요해. 쾌감은 목줄을 매는 것이라고 최면을 걸었어.
시선을 움직이지 마 부드러운 연골을 누르는 살인자의 건
강법.* 바닥을 기어 다니는 방식은 좋아하지 않아. 한 손은
목를 잡고 한 손에 힘을 주고 단번에 팔꿈치를 들어야 해.
목이 잘리는 일은 입의 죄 때문이라는 것. 즐거운 입을 따
는 것은 더 즐거운 손. 눌렸던 섯들이 뻥 소리와 함께 오는
순간 기포처럼 뽀글거리는 바다. 어느새 넘쳐서 밖으로 흘
러내리는 거품들 심증은 있으나 흔적이 없었지. 진공이 풀
리면 다시 끼워 맞출 수 없는 그러니깐 살인이란 두 손의
밀폐 같은 것.

* 아멜리 노통브의 소설 제목

늙은 페인트 공

침대가 붕괴를 시작해요 함몰되는 매트리스 스프링 스프링들이 나를 튕겨 내요 그는 침대의 페인트를 긁어내고 페인트칠을 계속해요 위장하고 있다는 것을 알고 있어요 나는 다섯 글자만 말하기로 했죠 시. 작. 할. 까. 요 아니면 지. 켜. 볼. 까. 요

식당에 두고 온 깃털 달린 모자가 생각이 나요 그는 페인트를 긁어내고 페인트칠을 계속해요 베개 위에 앉아 봐 숨을 참으면 깃털이 움직여 오랫동안 침대가 완성되었죠 목구멍은 합창으로 짠 식탁보 스프링 스프링 새들이 종일 알을 까고 알을 먹어 목이 메죠 울음을 숨긴 곳은

미끄러워요 삐걱거리는 스프링 스프링을 들어 올리고 폐기물 스티커를 침대 모서리에 붙이라구요 그는 못 들은 척 페인트를 긁어내고 페인트칠을 계속해요 나는 친밀한

흐름을 벗어나는 단지 다섯 글자만 알고 있죠 붕. 괴. 할.

까. 요

CUT

일기예보는 비가 온다고 했다

철 지난 신문을 다 읽고 나서야 오늘의 운세인 것을 알았다

머리카락을 자른다
뒤통수를 조금 벤 가위는 신문지 속에 처박힌다
재미로 본 신수점

머리카락은 조금씩 쓸쓸해진다

보브 숏 스타일이 좋겠어요

머리칼을 다 자르면 가위로 블라인드를 잘라 내는 일
바깥을 향해 서 있는 일

적막을 견디는 것보다 쉬웠던 적이 있다

머리카락이 자라는 만큼씩 벽이 자랐다
질문을 눕히는 빗소리
흐르는 것들이 끊어지면 대답이 된다

벽에는 태엽을 감은 흔적들이 있다

벽은 바깥을 향해
비를 핥듯이.

칼과 카누

아침이면 도마는 아버지의 이마처럼 말라 있었다
칼은 가장 단단한 가족

구별되지 않는 냄새를 다지는 아침에
도마가 카누처럼 떠 있다

칼을 쥔 주먹에 힘을 주면 다섯 개의 공깃돌이 부풀었다
궁색한 변명이 탱탱하게 스며든 이마

배의 바닥처럼 단단했다
뻔뻔해진다는 건 바닥을 이해한다는 것
공깃돌을 바닥에 닿기 전 손등에 올려놓는다는 것

육지에 한 번씩 내릴 때마다
아버지는 비늘처럼 새로운 냄새를 입고 왔다

그런 날 어머니는 칼을 자주 놓쳤고 생선을 팔아 칼과 꽃
을 사들였다

　저녁에는 도마에 꽃을 올려놓고 새로 사 온 칼로 다졌다
라일락과 아네모네를
피처럼 흘러나오는 향기로 비린내를 덮으려는 듯

　꽃을 다지는 밤, 카누 위에서 말라 가던 칼과 저녁과 어
머니와

　쇠의 냄새들.

번제

바다는 익사의 색깔을 띠고*
철조망에 밀려들었다

부서질 곳을 찾아 달려든 포말들
서쪽으로 미끄러지고
젖은 것을 태울 수 없는
파도는 번제를 드리지 못했다

모래 섞인 얼굴을 우산으로 받쳐 들었다
철조망에 걸린 기도의 흔적들이 지워지지 않았지만
때가 되면 잇몸을 오물거리며
비명을, 눈물을, 죽은 물고기를 먹어 치웠다

이사 온 집의 주소를 지우고
아이를 지우고

입덧에 좋다는 복숭아 통조림을 먹지 못한 날
무뎌진 기억들은 자꾸 잠을 자고 꿈을 꾸었다

어정쩡한 봄날을 구겨 넣은 베개, 비끄러맨 눈동자들
메스꺼움을 토하며 출렁거리던 이삿짐을 풀고
새로 풀칠한 벽지에 나무를 심었다

철조망에 걸려 있던 수평선에서
나무 타는 냄새가 났다

오랫동안 움츠렸던 자궁에서 입덧 소리가 들렸다.

* 에밀 시오랑, 《독설의 팡세》에서 따옴

폐 극장

비 오는 날 그녀를 만진다
필름을 만지듯
그녀를 감아올리고
대사는 매번 나른해져서
잘린 필름들이 쌓인다

영사기에 내려앉은 먼지를 훑으며
램프를 지나 감기는 필름

한쪽이 짧아지는 관계란
어둠 속 자막 같은 것

몽유란 다른 손가락을 만지는 일

그의 대역은 여럿이다

탕웨이였다가 나탈리 우드였다가

빈 좌석마다 앉아 있는 그림자들
상영하고 싶었다

그림자를

엔딩 크레딧이 올라가고
우리는 희미한 이름들이 된다

커튼 뒤 빗줄기.

외발의 감정

홍학의 애인이 되기로 작정해요
널브러진 고무호스의 휘어진 각도를 생각해요
나른하고 유연하게

나를 따라 해 봐요 고무호스를 조여 봐요
조금씩 홍학을 닮아 가네요
배꼽을 바라보고 좌우로 날개를 펴는 일은
아직 두 발의 감정
나의 체위는 한쪽 다리와 한쪽 날개를 같은 방향으로 펼
치는 것
감정은 정감과 대립하구요

우리는 외발로 서서 의자처럼 길들여져요
입술과 입술로 구름을 지우다

기침이 날 때는 날아가는데
가장 긴 깃털을 잘린 후에는 날아가지 못했죠

깃털이 돌아왔을 때

다리만 폐허로 남아 있었죠
벽에는 늘어진 고무호스 하나 걸려 있네요.

거식증

선반 위에 꽃병과 잘린 멜론이 놓여 있다
그 옆에 또 한 조각 멜론이

고립된 멜론 조각이

멜론을 바라보다가
계량컵을 놓고 꽃병을 집어 든다

꽃병에는 사치스러운 레시피가 적혀 있다

명배우 같은 표정을 만들 것

나는 미식가가 아니에요 멜론을 전자레인지에 넣으며

어둠 속에서

계량컵에 꽃을 꽂으면

피가 통할지 몰라

멜론을 꺼내서 먹기로 한다 비뚤어진 거울이 비뚤어진
표정이 억제할 수 없었던 폭식이

꽃의 가장 축축한 부분을 흠모한다

그러나

명배우 같은 표정일 것.

y의 프라이팬

냄새가 구워지고
공중에서 뒤집혀진 생각이 착지하는 저녁
몇 번씩 돌려진 것들은 앞뒤가 바뀌는 때가 많았다

술 취하는 날은 호칭이 자주 뒤집혔다
프라이팬을 길들여야 한다는 건 y의 생각
이름을 볶다가 태운 연기가 찔끔거렸다
양말처럼 돌돌 말린 상상이 눌러붙은 날
손목에 지긋이 힘을 주고 조르는 꿈을 꾸기도 했다

몇 번을 뒤집었을까
분노가 눅진거리는 어둠 속
이름이 자꾸 나와서 뒤섞였다
뒤집을 때마다 한 꺼풀씩 접히는 주름들

기름때를 반질반질하게 닦아 낸 거울
언젠가부터 자주 보는 습관이 있다
계란프라이를 만든 날은
달에 손잡이를 매달아 벽에 걸었다.

새

한 번도 당신의 귀를 만져 본 적 없다
일요일에 만나기로 했을 때 우연히 새 점을 친 것뿐이다

당신의 새를 처음 만졌을 때
부리로 쪼아 대던 상처가 점괘로 스며들었다

새는 살찐 달팽이
뼈를 부수면 날 수 있을까

새의 깃털과 밀랍으로 만든 날개를 몸에 붙여 봐[*]

당신의 독백을 해독하지 못해 딱딱해진 귀는 그늘이다
새의 부리이다

담요로 새의 부리를 싼다

월요일이 새를 떨어뜨린다

우르르 씨앗이 떨어졌고

귓속에서 흘러나오는 점괘를 나만 듣는다.

* 그리스 신화 중 '이카루스' 편

조율

토스트는 왜 친밀한가

은밀하게

구워진다 무릎이 바게트처럼

딱딱하다

망가진 건반처럼

붕대를 풀까요

무릎이 왼쪽으로 기울어지고

손가락들이 어두워졌다

더 왼쪽으로

떨림은 계속되었다 따뜻했던 커피처럼

얼마나 더 다가가야 비가 왔던 소리를 들을 수 있을까
간격에 대해 고민하며

무릎 위에 올려놓은 해머드릴 어떤 음은 당기고 어떤 음
을 풀 때

흰 건반은 검은 건반 옆에

한쪽 발을 내리고.

color Ⅲ

아그리파 석고상을 스케치한다
흑과 백
경계를 넘나드는

살색을 칠하고 싶어

슬퍼 보여서는 안 돼
텅 빈 동공이 구겨지는 느낌

둥근 선은 바깥의 색을 갖는다
흰 천장은 장례의 절차 같은 것

수채화처럼
콸콸 쏟아지기를

오전과 오후가 대각선으로
파도치듯

안색이 왜 그래
수채화처럼

손을 자주 씻는다
이삿짐을 옮기기로 한다

색을 지운다
선명한 무늬가 되살아나도록.

모자 속의 말

애쓰는 말은 잡식성 동물
말은 내가 내뱉는데
채찍과 고삐는 타인이 쥐고 있다

소의 뿔과 몸집은 어느 쪽이 주인일까

애쓰는 말이 주인일까
소 같은 말이 주인일까

채찍과 고삐를 휘두르는 건
편두통 때문일까 뿔 때문일까
타이레놀 두 알이면 뿔이 날아갈까

뿔을 모자에 감춰 보지만 자꾸 뚫고 나오네

모자를 벗을 때 쏟아져 나오는 것은 말

뽑은 말의 주인일까

버티는 힘으로 애를 쓴다

딸랑딸랑 방울 소리가 난다

애쓰는 말이 들린다.

채널

오늘 밤이야?

오늘 밤이야, 둥글어지려고 애쓰는 중이야

네모난 칸들은 의자가 필요하지 돼지 오줌보 매듭을 누
르듯 눌러 앉히는 일은 오래 걸렸지 두 손이 모서리를 숭배
하므로 3D안경을 썼지 의자가 흔들렸어 앉아 있던 접시가
흔들리고 내 팔이 흔들리고 지구본이 돌기 시작했어 고개
를 돌리자 각이 생겼지

사운드는 사이드를 둥글게 하는 비법

같은 시간에 울리는 알람에는 선과 면적의 비밀이 있지
미로처럼 이어진 두 번째 방과 세 번째 방, 한쪽 방에서는
권총을 쏘고 다른 방에서는 요리가 한창이야 방들은 모두
벽에 걸려 있고 풍경은 부러지지 사각사각 줄어들 줄 아는

사각형을 좋아해

사각은 원래 누구의 구석이었을까
접시 안테나가 지문으로 흩어지는 저녁

확성기에서 폐가전 제품 산다는 소리가 들린다
빈칸이 조금씩 어두워졌다

내일 밤이야?

모래

모래가 조금씩 흘러내리는 섬을 설탕이라고 부르면

달콤해질까
여행을 떠났지 여객선 안에서

껑충,

발은 귀퉁이라는 것
아홉 번째 가출은

열 번째 가출을 준비하는 여행이라는 것

공룡이 살았다는 섬 빛나는 발톱을 가진 티라노사우르스
의 세계 비린내를 움켜쥐었던 발톱이 미끄러웠지 짧은 목
례를 끄덕이던

선착장
한 귀퉁이씩 사라지고 없지만

어깨는 돈독한 우리의 지붕
흘러내리는

머리는.

표정

눈보라 화장수 찬바람 가벼워진다 가벼운 것은 잘 찢어
지므로

모나리자

위층 당신 때문이었어
표정은 아래층 같은 것이다 몇 년째 아랫집 여자에게 배
달되는 분첩들

당신 때문에 눌린 얼굴이라고
가부키 화장처럼 하얘지는 오미야콘*

여자가 표정 없이 외출을 한다 눈보라 찬바람 가벼워진
다 가벼운 것은 잘 찢어지므로 외출을 마친 여자가 문을 닫
고 들어간다 찬바람 화장수

위층 당신 때문이었어

여자가 눈썹을 밀고 거울 앞에 앉는다

가벼워진다

잘 찢어지는 얼굴로.

* 지구상에서 가장 추운 시베리아 마을

걸음을 견디는 것들

블라디보스톡 기차역
체중계를 놓고 머플러 쓴 노인이 앉아 있네

웃음 없는 표정과 펄럭이는 옷깃을 저울에 올려놓고
지나가는 발꿈치를 흘깃거리네
가끔 졸릴 때면 쿠폴*을 뒤집어 놓고 놋수저로 기도를 긁
기도 하지

동전을 놓고 몸무게를 재어 보는 사람
몸무게와 노동의 무게가 비례하면 흘린 땀과 발걸음은
반비례할까

눈금을 한 바퀴 돌려 제자리에 서듯
타향의 걸음을 견디는 일정들

가벼워 달 수 없는 것들도 있지

칠면조 목처럼 구부러진 철로

바람이 휘어져 떨어지네

녹슨 바퀴 소리가 철거덕거리면 머플러 속

두 귀는 뒤집힌 언어를 쫑긋거리네

어린 몸무게는 얼마나 자랐을까

날마다 떠날 준비를 하는 기차역에서 자꾸 석양의 껍질

을 물어뜯네

바다가 멀어질수록 바람 소리가 날카롭네.

* 러시아정교회의 황금빛 양파 머리 지붕

룰렛

알고 있지. 여자는 틀림없이 울고 나갈 거야. 나는 서 있었지. 한 여자가 코인을 넣고 있어. 주사위는 던져졌지. 룰렛의 구슬을 굴려 봐. 세 개의 수박 세 개의 체리 어지러워. 들썩이는 코인들. 2나 4나 7의 숫자를 지날 때는 온몸이 가려워. 세 개의 수박 세 개의 체리 어지러워. 여자는 변기에 앉았지. 정말 어지럽다고. 여자는 변기에 앉아 슬퍼지겠지. 마지막 쿠키는 손 안에서 모래처럼, 한 끗 차이였다고, 죽은 척 눈을 감고 있지만 알고 있지. 저 여자는 다시 돌아올 거야. 나는 서 있었지. 세 개의 수박 세 개의 체리처럼, 붉어지며, 진짜 러시안룰렛처럼.

3부

안부 Ⅱ

내가 체 게바라를 읽고

나는 젊었고

아버지의 딸은 어렸을 때

보금자리도 죽었고

오래된 염소도 죽었고

강변의 흙에는 비겁한 뼈들만 남아 있을 때

가끔 늦은 안부를 묻는다는 것

뼈를 훔쳐 모자 속에 감춘 기억

아직 남아 있는 구호와

기억해야 할 구호는

언젠가

새벽에 틀니를 닦기 위해 서 있을 때
너와의 연애를 기억해 내지 않을까

아직 닿지 못한 미래를 적은
피켓을 들고
서로가 서로에게 주머니를 보여주는 저녁

지붕들은 각자의 목소리로 떠들 것이고
가방 속에서 달그락거리던 이름들은
새벽이 되면 일어나 강변을 줄지어 돌아다니겠지

모두 살아 있어?
밤이 되면 소곤거리겠지

이름들은 다시 공처럼 튀어오르기 시작할 것이다

입술에서 입술로

뼈에서 뼈로.

불법체류

산티아고를 지나고 있었다
새벽은 종탑에 매어 둔 신성한 말뚝
몇 개의 유품이 잠든 물품 보관소
열쇠를 돌리면 둔탁한 오르골 소리가 났다
창문을 열면 눈보라가 깜깜했다

열차를 타고 저 눈을 넘을 수 있을까
순결을 세뇌할 수 있을 거야

사제는 불법체류를 벗어나려면 세례명이 있어야 한다고
했다
　계보 위의 여자들은 추앙받았고
　제단 위 입술은 히브리어를 기억하고 있다고 했다

요나의 문신이 새겨진 흰 벽

부르트더니 점점 입술이 자라났다
길고 지루한 질문의 요약은

한 줄로 서시오

사제가 분향하는 동안
미래에서 온 두 번째 부인이 질문했다
아소르는 사독을 낳고 사독은 아킴을 낳고 아킴은 엘리
옷을 낳고*

기차표가 필요해요

공손한 모방은 묵시적 승낙이다
유골처럼 하얀 눈이 날렸고
사제는 성호를 그으며 손가락을 오므렸다

아킴은 엘리옷을 낳고
입술은 흰 벽을 낳고.

* 마태복음 1장 예수 그리스도의 계보 중

심장

·

호두가 굴러떨어진다. 떨어지는 호두. 간격. 나무가 흔들리는 이유. 잎이 떨어진다. 떨어지는 잎들. 생살. 저것은 어두운 교습소의 발레. 나무가 흔들리는 이유.

호두는 불친절하다. 맨질맨질한 호두는 더 불친절하다. 망치와 호두를 잡고 있는 손가락도 불친절하다. 포개질 수 없는 관계. 나무가 흔들리는 이유. 호두가 매달리는 이유.

매달려서 불안한 이유.

저녁

미끄러운데
너의 팔을 붙잡지 않았다

외면하던 것들이 달려 나간다

계단은 계단으로 이어지고

팔을 흔든다는 말은 계단을 부드럽게 하려는 것
모든 귀는 그늘 속에서

꽃은 달아날 곳을 찾아 벽과 벽 사이를 파고든다

계단 모서리라는 이마
계단 모서리라는 관절

각도가 달라 언제나 즐겁지

꽃이 계단을 내려가자
골목이 조금씩 깜깜해진다.

황금 마스크

금계의 꼬리를 잘라
노랑의 감정을 겹겹 칠해 본 적 있지
망고 잎에서 얻은 암소의 오줌
빛나는 불꽃을 섞어 얼굴에 바르기도 하지
표정에 비위를 맞추고
우아하게 입꼬리를 치켜올려 봐

파라오의 황금 마스크
침 고인 곳에 턱수염이 돋아나도
이승의 표정 같지 않았지
마법 두른 옆구리를 걷어차 봐
숨소리가 반짝이면 황금 미라가 깨어날까

피라미드가 있는 왕들의 계곡
말을 모는 사내의 이빨은 금빛

인사를 건네받은 표정이 덜컹거렸지
입안 가득 반짝거리는 말은
살아서 황금 수의를 가지고 있다는 것

무덤에 들 때까지 움켜쥐려 했던 것은
빛나는 명령이었을까
씹을 때마다 부서지는
금빛,
금빛.

알라딘 주전자

병뚜껑 모자는
하품

달그락거리는 주전자는 가장 뜨거운 부품들로 채워진 시계

터번을 쓴 시간
아잔*의 목덜미가 스친다

팔꿈치를 기울이면 풀어진 터번이 주전자에 넘치고
빈 잔엔 잠시 구름이 쉰다

주전자는 벽을 뚫는 능력을 갖고 있다
구름 떼는 바람을 키우기도 한다

박하 잎은 가장 낮은 기온

풍경이 심심해지면 모래 그림을 그리거나

구름으로 주름을 잡아 볼까

초침 지문이 얼룩진 빈 주전자 부리

채 닿지 않는 설득이 많다고.

* 이슬람교에서 예배 시간을 알리는 소리

경배

쉐마*에 대해서 적다

　　쉐마는 엄숙하다
　　쉐마는 무아에 이르는 간격이다
　　쉐마는 빙글빙글 돌 때마다 죄가 씻어진다
　　쉐마는 이승과 저승의 통로다
　　쉐마는 영혼을 향해 오르는 층층 계단이다

경배의 자리
좁아진 계단에
神을 눕힐 수 있을까

흰 옷을 입고
춤을 추는

몸의 말 텅텅 비어 있는 말

무언가를 가두고 있는
텅텅 비어 있는 말.

* 이슬람 메블라나 종단의 종교 의식에서 흰 옷을 입고 추는 춤

서부교차로

비가 오고 번개가 친 후 버스는 지지직거렸다

꿈속인지 영화 속 장면인지 컨테이너를 실은 기차가 느리게 지나가고 땅이 꺼졌다 90673 42851 화물칸 숫자들이 땅속으로 휩쓸렸고

전신주에 걸린 전단지 모델은 두 눈을 깜박거렸다

땅속에 처박힌 자동판매기에 불이 켜졌다 주머니 속 동전들이 우르르 쏟아져 자판기 속으로 빨려 들어갔다 떨어진 동전은 가끔 빈 소주병이 되기도 했다

신호들

그것은 직선의 언어

손으로 불을 감싸십시오

고양이를 잃어버리셨나요

기호들

잠에서 깬 눈부신 네온

찌그러진 동전 하나를 맨홀에 던지면 도시의 그림자가
된다

자정에 나는 조금씩 어두워졌다

길의 끝에서 단식하는 자와 마주 앉는 용기를 냈을 때

왜 혁명가를 부르고 싶은지

왜 시간은 곡선으로 가는지 궁금했다

집으로 들어가 플러그를 뽑았다.

왓칭^{watching}의 자세

티브이 속 주어진 역할들은 대사를 위한 것
반드시 다음 회가 있다는 것을 예고하지

마스크를 하고 있어
조용히,
그냥 조용히
내가 몇 번째 역할인지 들키고 싶지 않아

저녁 기도는 어떤 느낌이야

죽은 역할을 위한

바나나를 먹는 오랑우탄이 붉은 잇몸을 그리워하듯
은밀하게 노골적으로

종탑은 뾰족해

스테인드글라스가 새겨진 창문
패턴이 바뀌기도 하지만
광장을 떠난 유다처럼
누워
햄버거를 먹는 입

나는 부드러워질 때까지 고해 성사를 기다렸지

13시 방향으로 어둠의 소리가 쏟아지면
티브이를 꺼 줘
Free,
Freedom
중얼거리며 마스크를 벗었지.

탁발托鉢

수행자들의 눈이 깊어진다는 곳
바람을 챙겨 넣고 동전을 던져 방향을 얻는다
맨발의 풍경을 찾아
엽서 한 장을 지도처럼 들고 찾아온 곳

맨발은 경문을 외우는 부끄러운 입이다

긴 행렬이 지나간 후 발우에 담긴 밥알들
헐벗은 아이들을 지나가는
탁발과 보시

계단식 논 가장 높은 곳에 공중우물이 있다
논두렁을 쌓고 헉헉거리는 물

물꼬를 터 아래로 내려보내는 일은

다시 곡식을 지고 올라가야 하는 환원의 풍경이다
탁발과 보시가 한 줄에 서 있듯
윤회의 고리에서 깨달아야 하는 합장

근심 없는 표정들이 화두를 논하기에는
조금 이르거나 조금 늦은 일이다.

봉투

물집 잡힌 입술을 보다가
봉투를 생각해

뜯겨진 봉투는
한 권의 시를 물고 있었지

또 봉투 속에는 골무와 모빌

뽁뽁이를 붙이며 창문에 서서 한 편의 시를 넘기면

감정들이 터져 골무를 끼었지
부르튼 입술과
고열

골무를 벗고 모빌을 흠모해

흔들렸지

크고 부드러운 감정
진술과
침묵의 세계
한 번에 다 읽어 낼 수 없는
차가운

봉투.

스냅

붉은 벽을 파면 다시
붉은 벽
길 잃은 사람들은 가난해져서 종일 구멍을 파고
구멍을 메웠다

배고픔을 참을 수 있었던 건 아버지의 손
　기타 줄이 손가락처럼 늘어지는 동안 악공의 수화는 한
소절씩 구부러졌다

　한때 수선공의 기타였던 구두에 가죽끈을 조이며 구두
수선공은 구두에 못을 치기 시작했다

　손목은 언제 뜨거워지는 걸까

　탁, 탁, 탁, 박자를 맞추는 손목에서 슬픔이 깨지는 소리

가 났다 그럴 때면 구두 속에 처박은 심장을 꺼내 깨끗이
닦았다

　더 슬픈 소리가 나도록

　소리가 명쾌해야 한다고

　뾰족함을 버린 구두는
　러플 사이로

　탁, 탁, 탁,

　슬픔은 바로 뜨거워졌다
　손목의 스냅처럼.

플랫폼

동그란 사과는
선로

철로와 중력은 무거워진다
격렬하게 달아오르는 방향으로

그러니까, 영원히 손잡지 못하는 사이
급정거의 속성으로 바뀌는 정거장의 이름을 만든다

사과는 빨갛게 달리고
사과는 칙칙폭폭 익어 간다
사과 안에서

어디까지 가는 중일까

완행의 속성으로 누워

바퀴와 철로 사이

홍옥의 맛

신호등마다 빨간 사과 파란 사과를 건너온 것이다

참지 못한 속도에 대해

버리지 못한 것들에 대해

칙칙폭폭

검은 콜타르를 게워 낸다

선로와

나비와.

순록

골목이 한 마리 순록이라면

제 뿔에 화들짝 놀라는 민망한 계단
강을 건너려 다닥다닥 붙은 담벼락엔
뿔 냄새가 치열하겠지

서로 다른 생선 냄새가 지나가는 모퉁이
술 취한 사내는 전봇대 곁에서 사냥꾼처럼 순록의 발자
국을 더듬겠지
툰드라의 순록을 떠올리겠지

갈증이 자라 붉어지는 뿔들
삽시간에 달려들어 눈밭을 핥는 화해
야생의 본능으로

순록의 눈이 맑아지겠지

소금 이끼를 먹은 순록에게서 노린내가 나듯
골목을 벗기면 진동하는 지린내
한밤중 몰래 누고 가는 오줌을 받아먹는 골목은

순하고 민망하겠지
계단은 화들짝 놀라고.

원근법

열차는 흐리다
풍경은 역할이 없다

여자에게
껍질 벗겨진 자작나무는 언제쯤 진물이 마르겠냐고 물었다
그녀는 반지 낀 손톱을 뜯어 씹으며
외가의 핏줄은 이 열차의 속도보다 빠르다고 웃었다

발콘스키* 발목에 채워진 족쇄에 입맞춤한 아내가
이를 갈듯 얼음벽에 쇠사슬을 갈아
반지를 만들겠다는 발상은
가문을 세우는 일

문장을 닦는 일 흐리게 하는 일

여자에게 원근법의 세계를 설명했지만 리듬과 기분은 같은 선로를 달리는 진동일 뿐이라며 어깨를 비틀어 풍경을 버린다

원근법을 찾는 일

비가 그치고
호수의 물이 코트처럼 펼쳐졌다.

* 러시아 혁명을 주도하다 시베리아에 유배된 귀족

비상구

얼음은
육각형의 난간 같은 것
알몸으로 뛰어내릴 수 있다고 생각하자

문득, 얼음 속에 잠긴 당신

얼음을 깨요 투명한 모서리를 부수며 탈출해요 얼음이
두꺼워 입김으로 뚫리지 않는군요
　망치의 고함
　파란 정맥이 통로라도 되는 듯

미끄럽군요 물고기의 섹스를 훔쳐본 적 있는데 통로와
같았죠 내가 너를 깨는 그러니까, 거기로 가려면 통로가 필
요하지 않겠어요?

혹시 찾았나요
조금씩 녹고 있는

얼음이라는 비늘 반짝이는 껍질들 꿈틀거려요 다시 눈을
감으면 정거장처럼 폐쇄되는 아가미 따뜻해지나요

당신의 킬 힐

스스로를 깨는 것은 정거장에서 정거장으로 가는 얼음의
방식.

기도

흰 소의 뿔에 대해
아버지는 한 번도 말한 적 없다

나란히 서서 축하 테이프를 자르기 전 우리는 흰 장갑을
끼고 성호에 대해 이야기했지만 미사를 본 사람은 아무도
없었다

정지선을 싹둑 자르는 형식은 냉정하다

흰 소의 뿔을 자르는 꿈에 대해
떨어지는 테이프에 대해

침묵했다

테이프를 자른 가위가 흔들렸다

그것은 살이 아니어서 피가 나지 않았고 그것은

우리의 실수였다

흰 손은 언제 더러워지는 걸까

아름다운 건물이 생길 거라고
끊어진 테이프를 봉투에 나누어 담는다 기도는 나지막해
서 미안했다

미지근해지는 방을 쓰다듬는다

봉투 속의 테이프는 고요하고
집에 돌아온 아버지들은 더 깨끗해지려고 흰 장갑을 벗
는다

잃어버린 항로

고장 난 나침반을 흔들던 파도
달빛이 꼬리를 치대고 있다
격랑이 나무토막처럼 물살에 떠밀려 다녔다

어느 배는 돌아오지 못하는 항로를 갖고 있다고 했다
물결에 새겨진 손톱자국들
부서진 항로들은 섬의 기슭으로 밀려갔다

물속 생선에는 생략된 기일이 있다
아무도 기슭이 되지 못해 기슭의 날짜로 정한 기일

젖어 있는 이름들은 좀처럼 마르지 않는다

난파의 항로엔 열고 닫을 수 있는 날짜들이 있어
돌아온 배들은 화목이 되거나 다시 생선이 되었다

세속적 초월을 꿈꾸는,
매혹적 이미지의 풍경들

김병호(시인, 협성대학교 문예창작학과 교수)

　김춘리의 시는 현실에 얽매여 있지 않다. 자신이 살아 내는 사회와 문화의 한계에서, 스스로를 지시하고 제한하는 범위를 넘어서려는 시도를 멈추지 않는다. 끊임없이 현실 조건의 제한을 넘어서려고 시도하며, 사고의 자유를 꿈꾼다. 그래서 그가 사용하는 언어는 이따금 전위적일 수밖에 없다. 김춘리의 언어는 탈주에 성공한 사고가 조합하고 누리는 새로운 세계의 단서가 된다.

　첫 시집 『바람의 겹에 본적을 둔다』를 통해, 독특한 언어와 상상력으로 익숙한 어휘들 속에 낯선 느낌을 집어넣는다는 평가를 받았던 김춘리 시인은 이번 시집에서도 자신만의 개성적 세계를 구축하고 있다. 시인은 끊임없이 스스로를 검열하며, 자신의 현실 조건과 장애를 철저하게 성찰한다. 흔히 일탈이라고 불리는 탈주와 검열을 통해 시인이 구축하고자 하는 세계는 언어의 틀을 뛰어넘어 부조리한 시공 속에 용해되는 것이 아니라 오히려 세상에 대한 합리적 이해의 얼개를 제 안에 감추고 있다.

이러한 시적 인식론의 핵심은 통어적인 부분에 있다. 인간을 자연의 한 구성 성분으로 보는 것은 물론, 자신의 생활과 존재론적 삶을 분리시켜 놓고 보지 않았을 뿐만 아니라 그것을 우주적 삶의 일부로 보고 있다. 그런데 그의 이러한 고뇌는 관념론적 초월의 경지에 머무는 데 그치지 않는다. 가령 존재와 생활의 연속적인 흐름 속에서 발현된 통합적 상상력을 단순히 시의 내재적인 틀로만 묶어 두지 않고, 외재적인 어떤 맥락을 추적하고 있다. 이는 앞서 언급한 검열과 탈주의 또 다른 방식이다.

세상의 모든 시인들이 그러하듯이, 김춘리 시인 역시 시 안에서 자신의 품성을 펼치고 각각의 풍경을 구성한다. 그것들은 타자의 입장에서 좀처럼 가늠하기 어려운 깊이의 심리적 동기를 얻는다. 시의 행들은 고유의 상징과 비유의 체제를 갖추면서 파편화되고 고립된 자아의 또 다른 내면을 그려 낸다. 김춘리 시의 특징은 그것들이 낱낱의 풍경이 겹치면서 현실에 대응하는 시인만의 독법을 만들어 내는 데 있기도 하다. 물론 이따금은 그가 꿈꾸는 환상이 현실에서부터 야기된 것인지, 현실에서부터 환상 속으로 스며 들어간 것인지 알 수 없는 불안도 존재한다. 이러한 불안감은 오히려 현실과 환상을 연결시키고 시에 현실 의식을 심는다. 현실과 환상의 경계가 무너진 것처럼 보이기

도 한다. 그러나 이런 김춘리 식의 결합은 시인이 자신의 주체
성을 지우고 그 주관성의 소멸에 의해서만 가능하다. 시인이 겪
는 존재적 좌절과 불안에 대한 자기검열은 시인을 험난한 궁지
로 몰고 가지만 시인은 기꺼이 자기검열 혹은 자기성찰을 통해
삶의 형식과 깊이를 얻어 낸다. 환상을 통해 자기성취의 진실과
자유를 누리기 때문이다.

　　배낭을 메고 이만삼천 년 전
　　호모사피엔스가 살았다는 빙하기를 찾았다

　　시간은 차갑고 빛나는 자궁 속에서 나오는 것일까

　　우리는 기차 안에서 조개껍질을 뒤집어쓴 신들이 천둥 사이
　　로 바위를 집어던졌다는 산스크리트어를 더듬거렸다
　　입속에서는 가물거리는 과거와 미끌거리는 현재가 얼음처럼
　　버석거렸다

　　우리는 천막과 냄비가 갖춰진 피난처에 대해서도 속삭였다
　　그것은 젖는 것, 번지는 것,
　　스며드는 것, 그리고
　　두 손을 담그는 것

수수께끼였지, 섬에 도착하면 땅이 울리지 않게 말발굽을 두
꺼운 천으로 싸매고 말에서 내려 걸어와야 한다는

우리는 신성한 암말에 대해서도 궁금해졌다

누군가 배낭 속에서 꺼낸 말가죽을 팽팽히 당겨 북을 치기 시
작했다
털 한 줌을 불 속으로 던지는 의식

바닥에는 암말의 가죽이 깔려 있었다

그것은 젖는 것, 번지는 것
그리고
두려워지는 것.

— 「Family」 전문

헤겔의 언급처럼, 주체로서 깨어난다는 것은 세계 사물의 객
관적 현실성을 인정하는 것과 동일한 과정이다. 자아와 세계를
다양한 각도에서 살피는 일, 즉 보편적 관점에서 보는 일과 같
기 때문이다. 시인이 하나의 주체로서 자신의 위치를 점하는 것
은, 세계 그것을 보다 넓은 각도에서 보기 위하여 스스로 지각
의 문을 닦아 내는 작업이다. 김춘리 시인은 여기서 한 걸음 더

나아가 작품 안에서의 자기확대를 시도한다. 자아와 세계의 이해관계에 사로잡히게 할 위험에서 벗어나 자아 확대의 동기에 대한 맹목을 조장한다. 차갑고 빛나는 자궁 속의 시간, 원초적 근원에 대한 탐색은 생에 대한 간단한 답이 아니지만, 자아와 세계가 가지고 있는 가능성의 범위 안에서, 하나의 우연성을 발견하고자 하는 노력으로 읽힌다.

시인은 자신의 삶의 기획이 우연의 가능성으로 존재하는 이 세계에서, 자기확대는 시를 통해서만 가능하다는 것을 깨달은 것이다. 일체의 조건들을 지워 내고 자유로운 상상력을 발휘한다고 해도 일정한 구조적 한계를 벗어날 수는 없다는 것을 이미 깨닫고 있다. 그러나 화자를 내세워 다른 차원의 면모를 그려 낸다. "땅이 울리지 않게 말발굽을 두꺼운 천으로 싸매고 말에서 내려" 걷는다. 그리고 "배낭 속에서 꺼낸 말가죽을 팽팽히 당겨 북을" 친다. 자신의 존재를 알리는 것이다. 과거와 현재의 경계에서 화자는 '피난처'를 이야기한다. "젖는 것, 번지는 것,/스며드는 것" 그것은 시인이 선택한 육체의 고유성과 시간성에 대한 이미지이다. 인류가 지나온 시간에 대한 은유이다. 화자의 생은 각각의 고유성과 시간성에도 불구하고 자유로울 방법이 없지만, 빙하기의 흔적을 간직하고 있는 만년설을 지나 '섬'으로 가는 화자의 경로는 존재의 근원적 변이의 차원을 보여 준다. 생을 지탱하면서 생을 변화시키고 결국 소멸을 받아들이는 생의 이미지다. 바닥에 깔려 있는 암말의 가죽. 시인은 이러한 풍경을 'Family' 라는 제목으로 수렴시킨다.

　일반적으로 대상들 사이의 구분을 이야기할 때, 흔히 동원되는 방법 가운데 하나가 이것과 저것이 어떻게 다르고 같은가에 대한 인식이다. 만약 그것을 하나의 동일체로 묶을 수 있다면 그러한 구분은 더 이상 의미가 없게 된다. 시인은 '빙하기'와 '자궁', '피난처'와 '암말'을 통해, 분리되지 않는 하나의 완성체를 염두에 둔다. 그것들은 북을 치고 불에 던져지는 의식을 통해 하나의 전체로 현상되고, 더 이상 어떤 개체적 구분이 중요하지 않게 된다. 자아는 신성한 암말을 생각하며, 이미 그것의 일부가 되거나 혹은 그것의 한 구성 성분이 되면서 인간이라는 찰나적 존재도 잊고, 또 이로부터 파생되는 존재론적 고독이나 허무 의식도 초월하게 된다.

　　더 어두워지기를 기다렸지만 광장은 발목처럼 밤새 흘러내렸다

　　춥지도 외롭지도 않았지만 웅크리기로 했다
　　두 손을 비비면 기적 소리가 들렸고 뜨거워진 손에서 무릎을 꺼낼 수 있었다

　　광장에 벗어 놓은 신발로 불꽃놀이를 할 수 있을까

야간열차의 통로는 비좁았다 침대를 오르내릴 때 들리는 소
리가 좋았다 유리창에 붙은 도마뱀이 되기로 했다

차창은 모두 나무를 등지고 있어서 조바심이 났다 밀착되려
는 힘과 떨어지려는 감정 터널을 지날 때 시력이 회복되지 않은
꼬리가 나무처럼 흔들렸다

코르도바를 지나는 중일 것이다 렌페역 광장을 지나는 중일
것이다 도마뱀 곁을 지나는 중일 것이다

더 어두워지기를 기다렸지만

올리브 나무는 여전히 바람에 흔들렸다

— 「광장」 전문

위 작품에서 김춘리 시인은 단순히 하나의 풍경이 아닌 자기
삶의 시간성 자체를 응시의 대상으로 삼고 있다. 광장의 풍경에
매혹되거나 어떤 장면에 대한 세심한 관찰자의 시선을 보일 때
에도 시인이 응시하고 있는 것은 그 너머의 어떤 근원적 시간성
이다. 화자는 어두워지기를 기다리며 광장 한편에 웅크리고 앉
아 있지만, 정작 그의 시선은 야간열차에 닿아 있다. 돌아갈 수
없는 시간인 것이다. 열차는 이미 "코르도바를 지나는 중일 것

이다 렌페역 광장을 지나는 중일 것이다 도마뱀 곁을 지나는 중"이기 때문이다. 이전에 탔던 기차인지, 자신이 놓친 기차인지 명확하진 않지만 화자는 어둠을 기다리고 있다. 이때의 어둠은 화자가 삶의 근거이자 연장인 '여행'을 이해하는 중요한 시간이 된다.

시인의 이러한 간접 문답법은 다소 단호하며, 사유도 풍요롭게 하는 측면이 있다. 물론 삶에 대한 단호함이 아니라, 삶의 풍경이 드러나는 이미지가 구체화되고 활성화되면서 완성되는 일인칭의 미학이다. 이 작품에는 자기연민이나 자기도취의 방식이 아닌 정직하고 뼈아픈 자기응시의 격렬함이 행간에 녹아 있다. "춥지도 외롭지도 않았지만 웅크리기로 했다"는 것은 자기응시를 위한 자기집중의 방식이다.

화자는 생의 의지와 어떤 예감이 서로 빚지고 있는 순간을 대면하고 있다. 화자가 자기 존재 안에 깃들인 '어둠'을 만났을 때, 이 대면의 순간은 무섭고도 고요한 시적 순간이 된다. 그리고 나의 어둠이 바깥의 어둠에 섞일 때, 시는 내적 시간으로 떠나는 여행을 시작한다. "두 손을 비비면 기적 소리가 들렸고 뜨거워진 손에서 무릎을 꺼낼 수 있었다"는 행간의 의미 역시 이를 충분히 뒷받침해 주고 있다.

광장의 어둠과 통로가 비좁은 야간열차와 바람에 흔들리는 올리브 나무를 관류하고 있는 것은 자아와 세계의 연속감이다. 광장이라는 세계로부터 분리되지 않고 그것에 소속되어 있으면

서도 어둠을 통해 조화감이란 연속체에 연결되고자 욕망한다. 세계와의 연속성은 시인의 철학적 고뇌이며, 흔히 모더니스트들이 보여 주었던 근대의 불안이나 인식의 불완전성의 초월이 아니라, 자신을 세계의 부분으로 인식하고자 한다. 다시 말해 광장이라는 시적 세계에서 어둠의 일부가 되고자 하는 우주론적 일원론의 세계를 구축하고 있는 것이다. 이러한 자세와 견해가 시인이 세계를 받아들이고, 세계로부터 분리되지 않는 연속체의 성격을 유지하는 방식이며, 서정적 자아 또한 끝없이 영원을 획득해 나갈 수 있는 전략인 것이다.

아침이면 도마는 아버지의 이마처럼 말라 있었다
칼은 가장 단단한 가족

구별되지 않는 냄새를 다지는 아침에
도마가 카누처럼 떠 있다

칼을 쥔 주먹에 힘을 주면 다섯 개의 공깃돌이 부풀었다
궁색한 변명이 탱탱하게 스며든 이마

배의 바닥처럼 단단했다
뻔뻔해진다는 건 바닥을 이해한다는 것
공깃돌을 바닥에 닿기 전 손등에 올려놓는다는 것

육지에 한 번씩 내릴 때마다

아버지는 비늘처럼 새로운 냄새를 입고 왔다

그런 날 어머니는 칼을 자주 놓쳤고 생선을 팔아 칼과 꽃을

사들였다

저녁에는 도마에 꽃을 올려놓고 새로 사 온 칼로 다졌다

라일락과 아네모네를

피처럼 흘러나오는 향기로 비린내를 덮으려는 듯

꽃을 다지는 밤, 카누 위에서 말라 가던 칼과 저녁과 어머니와

쇠의 냄새들.

－「칼과 카누」전문

　내밀한 자전적 장면이 드러난 「칼과 카누」에서 김춘리의 상상
체계는 더욱 흥미로운 국면을 보여 준다. "꽃을 다지는 밤, 카누
위에서 말라 가던 칼과 저녁과 어머니"라는 심상치 않은 표현을
통해 읽을 수 있는 것은 시인이 갖고 있는 언어의 파괴력과 자
기 삶에 대한 성찰이다. 시인은 상투화되어 경직된 언어의 세계
를 거부한다. "칼은 가장 단단한 가족"이라며 해체된 언어를 가
로지르는 하나의 사유를 제공한다. '가족'이라는 체제와 관습을

구축하는 가장 핵심적인 요소는 '아버지'가 아니고 '칼'이다. 이러한 사유의 파격은 가족의 불구적 구조 체계에 심각한 타격을 준다. 이전의 가치 체계에서 경직되어 생기를 상실한 사유와 언어를 해체하고 새로운 생성의 언어와 사유로 거듭나게 된다.

이 작품에서 핵심적 서사를 가지고 있는 부분은 5연이다. "육지에 한 번씩 내릴 때마다/아버지는 비늘처럼 새로운 냄새를 입고 왔다/그런 날 어머니는 칼을 자주 놓쳤고 생선을 팔아 칼과 꽃을 사들였다". 생선의 비린내를 감추고 싶은 어머니와 아버지의 이마와 어머니의 도마가 하나의 상징으로 맞닿아 있고, 그것들은 다시 '카누'와 '배의 바다'으로 변환된다.

시에 쓰이는 언어는 사회에서 일반적으로 운용되는 언어와 다른 면모로 태어난다. 그것들의 현실성은 또 다른 세계와 차원의 것이며, 사회적 언어의 체계화와 관습화의 속성에 집요하고 끈질기게 저항한다. 김춘리의 시어들이 바로 이런 점을 명백하게 보여 준다. 정형화되지 않는 세상과의 싸움은 결국 시인으로 거듭나기 위한 힘든 싸움이며, 삶의 한복판에서 시와 생의 무게를 오로지 혼자서 짊어져야 하는 고독한 투사의 면모를 지닌다.

이 시에서 주목할 만한 부분은 생활로서의 감각이다. 여기서 생활이란 현실이라는 맥락과 불가분의 관계에 놓이는 말이기도 하다. '칼'과 '꽃'의 상징적 대립 속에서, 삶의 관념이 강조된다. 그렇다고 생활이 희석되지도 않는다. 오히려 시인은 관념과 생활이 일체화되는 관계를 시의 본령으로 판단한다. 아버지와 어

머니의 관계를 삶의 존재론적 관점에서 접근하면서 이를 또 하
나의 보편적 문제로 심화하고 인식해 내고 있다. 이러한 대목이
김춘리 시의 미학적 층위가 완성되는 지점이라고 할 수 있다.

애쓰는 말은 잡식성 동물
말은 내가 내뱉는데
채찍과 고삐는 타인이 쥐고 있다

소의 뿔과 몸집은 어느 쪽이 주인일까

애쓰는 말이 주인일까
소 같은 말이 주인일까

채찍과 고삐를 휘두르는 건
편두통 때문일까 뿔 때문일까
타이레놀 두 알이면 뿔이 날아갈까

뿔을 모자에 감춰 보지만 자꾸 뚫고 나오네

모자를 벗을 때 쏟아져 나오는 것은 말
뿔은 말의 주인일까

버티는 힘으로 애를 쓴다

딸랑딸랑 방울 소리가 난다

애쓰는 말이 들린다.

                          – 「모자 속의 말」 전문

　사회의 견고한 체제는 인간의 필요에 의해 생겨났지만 그것이
비대해지고 더욱 공고해짐으로써 오히려 인간을 억압한다. 언어
역시 마찬가지다. 언어는 결코 사적이고 은밀한 차원의 것이 아
니라 모든 이가 공동으로 사용하는 공적이고 대중적인 것이다.
반면에 시인은 이러한 구도와 체제를 무너뜨리고 극복하기 위
한 자기싸움을 멈추지 않는 존재다. "말은 내가 내뱉는데/채찍
과 고삐는 타인이 쥐고 있다"는 명제는 시적 언어 및 시적 사유
의 체계화와 관습화의 속성에 대한 김춘리 식 저항이다. 시인의
언어와 사유는 정형화되어 있지 않은 까닭에 그 실체를 확정하
기도 힘들 만큼 난해하다. 따라서 이 대결은 매우 힘든 싸움일
수밖에 없다. 어느 쪽이 주인인지 모르는 "소의 뿔과 몸집"의 관
계처럼 이러한 대결의 한복판에 서 있는 시인은 단순히 상상의
놀이에 의한 것이 아니라 자기 존재와 사회를 상대로 근본적 질
문을 던지고 있는 것이다. 이는 대단히 고독하고 아슬아슬한 지
점의 일이어서, 시인이 할 수 있는 일은 오직 "버티는 힘으로 애

를" 쓰는 것밖에 없어 보인다. 제한된 언어와 제도화된 사유에서 벗어나 새로운 생성의 언어를 고민하는 시인의 모습이다.

　김춘리의 시인으로서의 자의식은 이 지점에서 형성되는 것으로 보인다. 담론이 살아서 주체를 고양시키지 못하고 오히려 의식을 누르는 억압자로서 기능하는 것처럼, 시인은 상투성에 길들여진 언어와 사유를 거부한다. "뿔을 모자에 감춰 보지만 자꾸 뚫고 나오네"라는 인식의 전환처럼, 시인은 기성의 질서와 맥락으로부터 떼어내고 사물과 관념 사이의 거리를 극복하여 사물을 살아 있는 존재 그대로 드러내고자 노력한다. 이러한 자의식은 「예언자」나 「새」, 「color Ⅲ」에서도 쉽게 찾아볼 수 있다. 대체로 시인들의 언어는 사물을 체제화된 언어 안에 가두어 놓고, 그것들을 물화시키는 위험에 노출되어 있다. 그래서 시인은 언어가 지닌 상징과 대상의 원시적이고 정열적인 힘을 찾아 새로운 생성의 힘을 부여하려고 한다. 이러한 치열한 과정을 거쳐야만 시인은 드디어 "딸랑딸랑 방울 소리"를 듣게 된다.

　　얼음은
　　육각형의 난간 같은 것
　　알몸으로 뛰어내릴 수 있다고 생각하자

　　문득, 얼음 속에 잠긴 당신

얼음을 깨요 투명한 모서리를 부수며 탈출해요 얼음이 두꺼
워 입김으로 뚫리지 않는군요
　망치의 고함
　파란 정맥이 통로라도 되는 듯

　미끄럽군요 물고기의 섹스를 훔쳐본 적 있는데 통로와 같았
죠 내가 너를 깨는 그러니까, 거기로 가려면 통로가 필요하지
않겠어요?

　혹시 찾았나요
　조금씩 녹고 있는

　얼음이라는 비늘 반짝이는 껍질들 꿈틀거려요 다시 눈을 감
으면 정거장처럼 폐쇄되는 아가미 따뜻해지나요

　당신의 킬 힐

　스스로를 깨는 것은 정거장에서 정거장으로 가는 얼음의 방
식.

－「비상구」 전문

시인이 대면하는 시적 순간은 당신에 대한 간절한 의지가 죽

음의 예감과 맞닿아 있는 시간이다. "얼음 속에 잠긴 당신"은 입김으로도 뚫리지 않는, 난간과 같은 궁지에 놓여 있다. 그럼에도 불구하고 '당신'에게 닿는 통로를 찾고자 하는 시인의 모습은 상대적으로 수동적인 것처럼 보인다. 이는 상대에 대한 응시와 더불어 통로에 대한 성찰이 냉혹하게 시도되고 있기 때문이다. "스스로를 깨는 것은 정거장에서 정거장으로 가는 얼음의 방식"이라고 명명한 시인은 공간과 공간의 이동으로서만 여행을 꿈꾸는 것이 아니라 존재와 존재로의 여행도 꿈꾼다. 시인이 '정거장'을 택한 이유도 여기에 있다. 그러나 당신에 대한 어떤 강건한 고독도 시인을 흔들지 못한다. "조금씩 녹고 있는" 소멸은 단순히 해방이나 소통의 의미만은 아니다. 꿈틀거리고, 따뜻해지는 감각의 충동은 자기위안이 아니라 당신에 대한 의식과 감각의 층위에 대한 치열한 응시의 순간을 옮겨 놓은 것이다. '비상구'라는 제목이 이를 잘 보여 주고 있다.

그리고 전반부에서 보여 주었던 화자의 수동적 면모는 다른 양상으로 전개된다. 즉 "스스로를 깨는 것은" 당신이 아니라 시적 화자인 '나'로 변화한 것이다. 이러한 능동적인 다툼의 과정에서 시인은 심화된 자아 반성을 통해 스스로를 만들어 가게 된다. 화자와 당신의 관계는 시적 화자의 존재론적 인식 안에서만 가능하다. 존재의 다양한 증명 방식 중에서 김춘리 시인은, 기꺼이 당신의 참여에 의해서만 스스로를 드러내는 적극적 방식을 선호하고 있다.

앞의 작품에서 눈에 띄는 부분은 화자를 통해 드러나는 시인의 육성이 서정적 속삭임과는 또 다른 결을 지니고 있다는 것이다. 객관적인 관찰의 언어도 아니고 고백에 가까운 문법도 아니고 오히려 간헐적 고백에 가까운 시인의 언어는 하나의 상징으로 작용하면서, 언어들을 흩어 놓는다. 그의 언어는 하나의 시적 프레임 안에 갇히기를 거부하며, 한없이 떠돈다. 이것이 김춘리 시가 지니고 있는 시적 매력이라고 할 수 있다.

이번 시집에서 김춘리 시인은 풍경을 거부하는 풍경, 대상이기를 거부하는 시적 대상들에 대해 재래적 서정시의 정서적 기율을 답보하지 않는다. 여행의 풍경, 가족의 내면, 존재적 고독 등을 통해, 현실을 재현하겠다는 관념에서 벗어나 오히려 균열의 감각을 체험하고자 하는 자리를 지키려고 한다. 제한과 규정의 세속을 초월하려는 시인의 의지는 시집 전반에서 어렵지 않게 읽힌다. 시행 속에서 풍경의 구상성은 무너지고 서정적 원근법도 통용되지 않는다. 이미지의 분화와 공간의 분열이라는 미학적 사건을 통해 새로운 시적 리얼리티를 만들어 내는 것이다. 이러한 비조화감은 그의 시들을 설명해 주는 데에 일정한 준거점이 되어 준다. 시집의 전반적인 맥락에서 볼 때, 시인이 보여 주는 비연속성이라든가 비조화감의 국면은 동일한 사유 구조 속에서 직조된 것임을 어렵지 않게 알 수 있다.

존재론적 삶에 대한 철학적인 고민에서 시작되는 김춘리의 시적 사유는 검열과 탈주, 상상과 사색을 통해 연속체의 감각으로 이어진다. 세계와 자아의 연결은 여행에서 얻어지는 전설과 신화, 풍경과 어둠의 무한 감각을 통해 가능해진다. 존재론적 삶의 일관성 속에서 유한의 감각들이 하나로 이어지고 존재론적 고독의 국면도 치유의 매개를 갖게 된다.

모자 속의 말

ⓒ 김춘리, 2017

초판 1쇄 인쇄 2017년 10월 16일
초판 1쇄 발행 2017년 10월 30일

지은이 | 김춘리
발행인 | 강봉자·김은경

펴낸곳 | (주)문학수첩
주 소 | 경기도 파주시 회동길 192(문발동 513-10) 출판문화단지
전 화 | 031-955-4445(대표번호), 4500(편집부)
팩 스 | 031-955-4455
등 록 | 1991년 11월 27일 제16-482호

홈페이지 | www.moonhak.co.kr
블로그 | blog.naver.com/moonhak91
이메일 | moonhak@moonhak.co.kr

ISBN 978-89-8392-677-7 03810

「이 도서의 국립중앙도서관 출판예정도서목록(CIP)은 서지정보유통지원시스템
홈페이지(http://seoji.nl.go.kr)와 국가자료공동목록시스템(http://www.nl.go.kr/
kolisnet)에서 이용하실 수 있습니다.(CIP제어번호: CIP2017025578)」

* 파본은 구매처에서 바꾸어 드립니다.